EDICIONES ekaré

Traducción: Araya Goitia Leizaola

Primera edición, 2014

Av. Luis Roche, Edif. Banco del Libro, Altamira Sur. Caracas 1060, Venezuela
C/ Sant Agustí 6, bajos. 08012 Barcelona, España

www.ekare.com

Publicado por primera vez en inglés por Andersen Press Ltd., Londres, Inglaterra
Título original: *Melric, The Magician Who Lost his Magic*

ISBN 978-84-941716-5-9 · Depósito Legal B. 24665-2013

Impreso en China por South China Printing Co. Ltd.

Melric

EL MAGO QUE PERDIÓ SU MAGIA

David McKee

Ediciones Ekaré

Melric era el mago del rey. Todos los días cumplía sus órdenes: si el rey quería nadar, Melric hacía que el sol brillara. Si el rey tenía calor, Melric hacía que el sol se ocultara tras las nubes. Cuando no estaba trabajando para el rey, Melric ayudaba a todos con sus poderes mágicos. Siempre estaba muy ocupado. Nadie más en el reino estaba ocupado.

Una mañana Melric se despertó tarde. Medio dormido, murmuró el hechizo para bañarse, vestirse y hacer su cama, pero no pasó nada. Repitió el hechizo un poco más alto. No pasó nada. Gritó el hechizo. No pasó absolutamente nada. Entonces Melric tuvo que vestirse solo con mucha prisa porque al rey no le gustaba esperar. Miró la cama revuelta y la dejó sin hacer.

El rey estaba enfadado con Melric por llegar tarde.
—Vamos, Melric —dijo el rey—. Quiero que pintes esta habitación. Cuando termines, hay una multitud esperando afuera y todos quieren que los ayudes.
Melric lanzó el hechizo para pintar habitaciones… una vez… y otra vez… y otra vez. Pero no pasó nada. Poco a poco, todos se dieron cuenta de cuál era el problema: ¡la magia de Melric había desaparecido!
—¿Qué haremos? —dijo el rey—. Nuestros enemigos nos atacarán cuando se enteren de que tu magia ya no los puede derrotar.
—Quizás mi hermana, la bruja Mertel, me pueda ayudar —sugirió Melric—. Iré a verla de inmediato.

Cuando todos se dieron cuenta de que Melric no podía ayudarlos, trataron de hacer sus cosas solos. Todo les salía mal porque habían pasado mucho tiempo sin hacer nada.
Hasta las cosas más sencillas resultaban un desastre.
Melric se marchó sintiéndose inútil y triste.

Cuando Melric viajaba, siempre lo hacía por arte de magia. Pero ahora tuvo que caminar. Y a lo largo de todo el camino vio a la gente intentando hacer esas cosas que no habían hecho en años. Melric apuró el paso, con la esperanza de que su hermana Mertel pudiera ayudarlo, para entonces poder ayudar él a todos los demás.

Mertel vivía debajo de un viejo árbol en el bosque.

Cuando por fin llegó, Melric estaba exhausto por la larga caminata.

Mertel escuchó atentamente el problema de su hermano. Probó con algunos hechizos, pero ninguno sirvió de nada. Le hizo beber un brebaje asqueroso, pero ni siquiera eso le devolvió su magia.

Finalmente le dijo:

—No te puedo ayudar. Anda a ver al primo Guz, el hechicero. Puedes tomar prestada una de mis escobas de repuesto para que te lleve a su isla.

Melric se despidió y salió volando, feliz de no tener que caminar.

A Melric le gustaba visitar a su primo. Guz tenía extrañas mascotas y frecuentemente cambiaba el tamaño y la forma de su isla solo para divertirse. Guz se puso contento al ver a Melric, pero tan pronto escuchó su problema, se dio cuenta de que no habría tiempo para diversiones.

Guz era un hechicero de primera y de inmediato se puso a trabajar. Usó sus encantamientos más poderosos, pero a pesar de los destellos y explosiones, Melric seguía sin ninguna magia.

—No hay opción —suspiró Guz—. Tendrás que ir a ver al sabio Kra.
Él todo lo puede. Te enviaré al pie de su montaña, pero
tendrás que escalar el resto. La magia del propio Kra impide que
la gente llegue de visita sin avisar.
Guz le arrojó un polvo mágico y Melric salió disparado de la isla.

Melric aterrizó al pie de la montaña.
Desde allí, tuvo que escalarla, jadeando y resoplando.
Sabía que Kra podía verlo, pero que no levantaría un dedo
para ayudarlo.

Cuando por fin Melric llegó a la cima, le contó a Kra su problema.
—Eres un tonto —dijo el anciano—. Malgastaste toda tu magia en vez de ayudar a la gente.
—¿Cómo? —dijo Melric, a punto de gritar—. Pero si siempre he ayudado a las personas. He hecho todo por ellos.
—Ese —dijo Kra— es justo el problema. Les has enseñado a depender de ti, y cuando les fallas, no saben hacer nada por sí mismos. Eso no es ayudarlos.
Melric se quedó mudo. Entonces el sabio Kra dijo:
—Por esta vez, te devolveré tu magia. Pero, si la vuelves a malgastar, puede que la pierdas para siempre.

Melric sintió un cosquilleo en la punta de los dedos y supo que su magia había vuelto.
—Muchas gracias, señor —dijo—. Ahora debo volar.
Y se transformó en un gran pájaro. En el camino, sobrevoló las casas de su primo Guz y de su hermana Mertel. Ambos lo reconocieron aunque tuviera forma de pájaro y lo saludaron, felices de ver que su magia había vuelto.

Cuando Melric llegó al castillo, vio que los enemigos del rey habían comenzado un gran ataque. Al oír que el gran Melric había perdido su magia, inmediatamente intentaron apoderarse del castillo.

«Este parece un buen momento para un hechizo», pensó Melric.

El gran pájaro aterrizó en una torre y se transformó nuevamente en mago. Extendió sus manos y el aire se llenó de una luz verde.

En pocos segundos todos los soldados enemigos se habían convertido en gatos negros.

—Abran las puertas —ordenó Melric—. Nuestros perros pueden perseguir a los gatos hasta su reino. Allá, retornarán a su forma humana. El rey comenzó a agradecer a Melric pero fue interrumpido por una gran multitud que los rodeaba.
—Melric, ¡arregla mi silla! —pidió alguien. Y enseguida todos los demás comenzaron a pedirle más cosas. Todo había vuelto a la normalidad, o al menos eso pensaron.

Melric levantó la mano y pidió silencio.
—De ahora en adelante, tendrán que arreglárselas sin mí —dijo—. La magia será utilizada solo en ocasiones especiales. Ahora, pueden irse: yo estaré muy ocupado.

Durante el resto del día todos se ocuparon contentos de sus propias cosas.
¿Y Melric?
Melric tuvo que aprender a hacer su cama.